D0834278

Querida Susi,
querido Paul

Christine Nöstlinger

Premio Hans Christian Andersen 1984

Primera edición: agosto de 1985
Quincuagésima edición: abril de 2014

Dirección editorial: Elsa Aguiar
Traducción del alemán: Marinella Terzi
Ilustraciones y cubierta: Christine Nöstlinger, jr.

Título original: *Liebe Susi, Lieber Paul*
© Dachs-Verlag, Viena, 1984
© K. Thienenmanns Verlag, Stuttgart, 1984
© Ediciones SM, 1985
    Impresores, 2
    Urbanización Prado del Espino
    28660 Boadilla del Monte (Madrid)
    www.grupo-sm.com

ATENCIÓN AL CLIENTE
Tel.: 902 121 323
Fax: 902 241 222
e-mail: clientes@grupo-sm.com

ISBN: 978-84-348-1677-0
Depósito legal: M-42382-2010
Impreso en la UE / *Printed in EU*

Querido Paul:

Sin ti, el colegio es
un aburrimiento. Ahora
en tu sitio se sienta Andrea.
Se pasa el día vigilando
para que yo no ponga
mis cosas en su parte
de pupitre. Y huele
a mantequilla rancia.
Ya le he dado dos codazos.

" Mayo no nos deja...

La señorita creyó lo que le
dije: que lo había hecho
sin querer.

Ayer estuvieron en casa
Andi y Xandi. Jugamos
con el *scalextric.*

Andi dijo:

«Es una faena que los padres
se trasladen de una ciudad
aunque los hijos no quieran».

Xandi dijo:

... ni una ... sola queja ...

«¡Siempre pasa lo mismo!
¡Los mayores hacen lo que
quieren!» Me encontré
a tu abuela en la lechería.
Me dijo que fuera un día
a visitarla. Pero
¡qué hago yo con tu abuela,
si tú no estás allí!
Aún tengo que hacer
los deberes de matemáticas.
Hoy tenemos muchísimos.

...Mayo 🌸 🌷 en el alma...

Y todo porque Geri

y Joschi se han pasado

el día hablando

y se han reído de lo lindo.

Y la señorita se ha cansado.

Andi, Xandi, mamá y papá

te mandan muchos recuerdos.

¡Escríbeme pronto!

Tu amiga Susi

¡Ahí va! ...nos pone.... ...la calma."

Querido Paul:

Todos los días miro en
el buzón. Pero nunca hay
carta tuya. ¿Por qué
no me escribes? ¿Estás
enfermo? ¿O ya me has
olvidado?

¿ PAUL ENFERMO ?

Hoy me he vuelto a encontrar
a tu abuela en la lechería. No
cree que estés enfermo. Me

" Pequeño vagabundo...

ha dicho: «¡Qué va. Lo que pasa es que es un perezoso!» Si escribir te da pereza, mándame una casete grabada con tu voz. ¿O también eso te da pereza? ¿Qué tal te va en tu nuevo colegio? ¿Son simpáticos los niños? ¿Tienes profesor o profesora? ¿Y cómo es tu nueva habitación? Si no sé pronto algo de ti,

... camina, camina...

me enfadaré en serio.

Tu vieja amiga Susanna

P. D. Ayer celebré una fiesta
de disfraces. Fue una pena
que no estuvieras.
Te voy a dibujar a mis
invitados.

...¡ve por el ancho mundo!"

Mi fiesta de disfraces

← CONFETI

Susi, de mariquita

Yo, de Princesa

Geri, de indio

Sissi, de payaso

Xandi, de polichinela

Andi, de pirata

¡ Para Paul, de Susi !

Querida Susi:

La idea de la grabación es muy buena. La pena es que tengo el aparato estropeado. Rompe todas las cintas. Pero es demasiado viejo para que lo arreglen. Para mi cumpleaños pediré que me regalen otro. Quisiera escribirte todos los días. Pero siempre tengo que hacer algo.

PÍO PÍO

Nuestro vecino es amigo mío.

No es un niño, sino un hombre viejo. Me lleva en su tractor. Tiene tres vacas, dos cer dos muchas gallinas y tres gatos.

Es viudo y sus hijos son ya mayores. En el colegio aún no tengo amigos. Sólo un enemigo. Se llama Fran.

Siempre se mete en líos. A mi lado se sienta Paula. Ella dice que tengo que pegarle a Franzi; pero él es demasiado fuerte.

YO↑   ÉL↑

Cuando los niños hablan muy deprisa, no los entiendo. Su dialecto es muy distinto del de Viena. Mi nueva señorita es muy simpática. Nunca nos riñe. Mi habitación aún no está terminada del todo.

Los albañiles lo tienen todo

patas arriba. Menos

la señorita y mi vecino, todo

era mucho mejor en Viena.

A mamá tampoco le gusta

esto. Pero no lo dice.

Es la primera vez que

escribo tanto en mi vida.

Muchos saludos.

Tu amigo Paul

18

Querida Susi:

En la carta que te escribí
ayer me olvidé de algo.
Andi tiene tres libros míos.
Dile, por favor, que me
los mande. Ahora leo mucho
porque no puedo ver
la televisión. Nos tienen
que montar la antena.
Sin la antena, en la pan-

talla, sólo se ve puntitos blancos. Parece que está nevando.

Tu amigo Paul

P. D. Nieva de verdad. Puedo colocarme los esquís en la puerta de mi casa. ¡En Viena no podía hacerlo!

Querido Paul:

Muchas gracias por tu larga carta. Y por la corta, también. Al tal Franzi no le hagas ni caso. Cuando se meta contigo, haz como si oyeras llover. Es lo que hice con Joschi. ¿Te acuerdas? Después de unas cuantas semanas dejó de hacer tonterías.

ZUMBA ZUMBA...

¿Se puede ser buen amigo
de un viejo? ¿Tiene
también algún caballo? Andrea
monta en poni. Habla mucho
de eso. Pero no conmigo.
Desde que le di tres codazos,
somos enemigas. Su mamá
estuvo en el colegio. Quería
que la señorita me cambiara
de sitio. A mí no me
hubiera importado. Pero

 ZUMBA...

la profesora no lo hizo.
¿Por qué no volvéis a Viena
si a tu mamá tampoco le
gusta estar ahí? ¿Cómo
es Paula? ¿Es amiga tuya?
¡Contéstame pronto!

Tu Susi

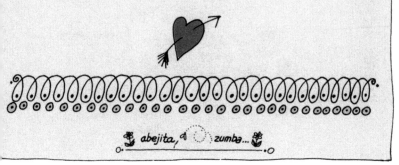

P.D. Andi dice que no tiene tus libros. Pero él es un desordenado. Mándame los títulos de los libros. Se los daré a Andi y ¡ya verás cómo se acuerda de que se los dejaste!

Así me imagino a Andrea montada en su poni:

(¡pobre poni!)

PARA PAUL, ♥ DE SUSI

...zumba...

Querida Susi:

Tengo un ojo morado. Le di un puñetazo a Franzi. Papá me dijo que él también lo habría hecho.

Lo que pasa es que, según me dijo papá, tendría que haber salido huyendo después. Para que Franzi no me devolviera el puñetazo.

Bloc de carta ☺

De todas formas, yo sí que corrí. Pero Franzi corre más deprisa que yo y me alcanzó. Es mucho más fuerte que yo. ¡Con él tengo todas las de perder! Si Paula no me hubiera ayudado, seguro que tendría los dos ojos morados. Paula le pegó con una ortiga hasta que él desapareció.

No podemos volver a Viena

Bloc de carta ⊛

porque a papá le gusta estar aquí. Prefiere curar cerdos y vacas, a caniches y papagayos. No te puedo describir exactamente cómo es Paula. Está delgada y tiene el pelo rubio, y cuando se ríe, se pone siempre una mano delante de la boca.

Mil saludos y besos.

Tu amigo Paul

P.D. Más o menos,

Paula es así.

La valiente Paula con la cartera + la mata de ortiga

COLEGIO

ORTIGA

Bloc de carta

29

FOTO: PAULI

Vista panorámica.
Kapuzenberg en St. Michel, junto al lago
Michel. Altitud : 830 m.

¡Muchos saludos!
Hemos venido de excursión
porque es domingo.
Estoy sentada exacta-
mente donde está la
cruz.

Mamá tiene tres
ampollas. Papá está
cansado.

¡Tu Susanna!

A ....
Paul Meier
9999 Möellberg 25

Querida Susanna:

Muchas gracias por tu postal.
Ayer nos colocaron la antena
de la televisión, y hoy ya me
he trasladado a mi habitación.
Está debajo del tejado, las
paredes son de madera.
Falta la escalera hasta mi
habitación. La pondrán dentro
de tres semanas. Ahora subo

PAPEL DE CARTA CON DOBLE MARGEN. CALIDAD IA.

con una escalera de mano a
mi cuarto.

Papá tiene un coche
nuevo. Puede ir por el campo
y subir por caminos empinadí-
simos y hasta se puede llamar
por teléfono desde el coche.
Pero sólo cuando es urgente.
Por ejemplo, cuando un terne-
ro no puede salir de la vaca.
Tengo que acabar, son ya las

PAPEL DE CARTA CON DOBLE MARGEN. CALIDAD 1A.

seis. Debo ir a casa de mi vecino para ayudarle a ordeñar.

¡Escríbeme pronto!

Tu amigo Paul

P. D. Me había equivocado con lo de Andi y los libros. Estaban en una caja. Aún no hemos desembalado todas las cosas.

EL DE CARTA CON DOBLE MARGEN. CALIDAD IA

Mi amigo, el vecino, es así. El que está con él, soy yo.

¡HOLA, SUSI!

Fini

Querida Susanna:

Desde hace una semana
espero carta tuya. ¡Tal vez se
haya perdido!
Ahora tengo dos amigos.
Uno se llama Hubert, otro
Georg. El padre de Georg
es el dueño de la tienda.
Pero no es una tienda como
las de Viena. En la puerta

KARO

sólo pone «tienda». Es un enorme desbarajuste. Se puede comprar desde platos hasta calzoncillos y pañuelos. Georg, Hubert y yo nos hemos unido en contra de Franzi.
Si somos tres, no se atreverá.

Mi padre y el padre de Franzi se encuentran a veces en la taberna. Papá quiere que yo me lleve bien con Franzi.

KARO

Pero no puede ser. ¡Somos
enemigos para la eternidad!
Desde ayer tengo un gatito.
Le he puesto Fini de
nombre. Es una cría de
la gata del vecino. Tiene
otros cuatro gatitos
más. Si nadie se los queda,
tendrá que matarlos.

¿Quieres tú uno?

Hay uno blanco con lunares

negros, uno negro con las patas blancas y dos completamente blancos. ¡Si quieres un gato, escríbeme enseguida! Si no, cuando llegue tu carta, estarán muertos.

Tu amigo Paul

Querida Susanna:

Ha pasado otra semana, y
aún no he recibido carta tuya.
Ya no es necesario que sigas
pensando si quieres un
gato. No queda ninguno de
los cuatro. Pero no los han
matado. Se los ha llevado
un tratante de animales.
¡Gracias a Dios!

Aparte de esto no ha pasado nada nuevo. Sólo que Franzi tiene ahora a Steffel y Hansi de su parte. Frieda, Rupert, Erika, Emil y Peter están a nuestro lado: de Georg, Hubert y mío. Paula también, claro. Somos muchos más, pero algunos no nos pueden ayudar demasiado porque el autobús se los lleva

Nº 2

directamente del colegio.

Viven lejos.

Por favor, mándame una fotografía tuya, para que la enseñe a Hubert y Georg.

Quieren saber cómo eres.

¡Por favor, escríbeme pronto!

Tu amigo Paul

Nº3

Querido Paul:

Esta carta te la escribe mamá con la máquina. Yo le digo lo que tiene que poner. Estoy enferma. Tengo paperas. Pero ya estoy mejor. Sólo que tengo el cuello más gordo que la cabeza.

Mamá me ha leído tus cartas. Me hubiera gustado tener un gato, pero nosotros no podemos tener gatos porque no hay nadie que los pueda cuidar cuando nos marchamos de vacaciones.

Las paperas son contagiosas y nadie puede visitarme. Muchos niños de la clase también tienen paperas. Pero Andi y Xandi están buenos. Me han mandado un juego. Pero yo no tengo suficiente paciencia. No consigo meter las tres bolitas en los agujeros.

Te mandaré una foto mía cuando ya esté buena del todo. Quiero enviar-

te una nueva. Me la hará papá. Pero hay que esperar a que se me des-
hinche el cuello.

Estoy cansada de tanto dictar. Escríbeme pronto. Es muy aburrido estar en la cama.

Tu Susanna.

Querida Susi:

¿Aún tienes el cuello
gordo? ¿Estás en la cama?
¿Tienes fiebre todavía?
En el pueblo también hay
varios niños con paperas.
La pena es que Franzi no
las haya tenido. Mi amigo,
el vecino, ha comprado dos
cochinillos. Son muy cariño-

sos y la mar de inteligentes.
Los cerdos no son tontos.
Si tuviera un circo, amaes-
traría muchos cerdos. A un
cochinillo le he puesto Rosa
y a otro Erna. Atienden por
sus nombres. Pero mi gato
aún no sabe que se llama Fini.
Sólo viene hacia mí
cuando le digo «mis, mis».
Quiero que los cochinillos

aprendan a sumar. Tienen
que gruñir cuatro veces
cuando yo les pregunte:
¿Cuánto son dos por dos?
¡Será fantástico! Practico
todos los días con ellos.
¡Ponte buena pronto, Susi!

Te lo desea
tu amigo Paul

Los cochinillos

Erna y Rosa

Querido Paul:

Ya estoy casi bien, pero para escribir
aún me encuentro un poco floja. Por eso,
mamá te escribe otra vez a máquina.

Ayer me visitó Oliver. El ya ha pasado
las paperas, y no se pueden tener
dos veces. Me contó muchas novedades.
!Nuestra señorita va a tener un niño!
Ella quiere que sea niña. Pero si
es un niño, tampoco se molestará.

Markus robó unos chicles en el supermer-
cado. Y una dependienta lo pescó.

Y en la clase tenemos un chico nuevo. Es
turco, y ya tiene nueve años. La
profesora le ha mandado sentarse al
lado de Andi. No sabe nuestro idioma.
Tengo mucha curiosidad por conocerlo.

¡Y ha ocurrido otra cosa! La semana pasa-
da, Xandi iba del colegio a su casa y
pasó por el parque. Iba con Andi.
Estuvieron un rato columpiándose y
haciendo ejercicio en las barras, y al
acabar se dieron cuenta de que la car-

tera de Xandi había desaparecido. La buscaron por todo el parque y Xandi lloró. Entonces, una señora les dijo que una niña mayor se había llevado la cartera. La señora lo había visto perfectamente, pero no sabía que la cartera era de Xandi. A Xandi los cuadernos le daban lo mismo, no tenía ni un sobresaliente. Pero sus lápices de colores se habían evaporado, y la pluma, y un monedero con veinte chelines que también estaba en la cartera, y el osito, ya en el jardín de infancia lo llevaba en su bolsa. Era lo que más pena le daba. Cuando esté curada, iré con mamá a la juguetería. Buscaremos un osito de peluche parecido. ¡Igual que el que tenía! Se lo regalaré a Xandi. Porque dentro de tres semanas es su cumpleaños.

Mañana me levantaré por primera vez.

¡Escríbeme pronto!

Tu amiga Susanna.

Querida Susanna:

Si estuviera en Viena, iría
a visitarte. Ya hace tres
años que tuve las paperas.
¡Es horrible que alguien robe
una cartera! ¿Se enfadó
mucho la mamá de Xandi?
¡Siempre se enfada enseguida! ¿Cómo es que la señorita
va a tener un niño? ¡Es un

vejestorio! ¿Y qué le ha pasado a Markus?

¿Tuvo que ir a la policía?

A mí me va bien. En el colegio
no paran de ponerme sobre-
salientes. A Paula sólo le
ponen suficientes. Pero no le
importa. ¿Quieres venir a
casa en las vacaciones de
Pascua? ¡Sería genial!

Te quiere tu Paul

P. D. He construido una cabaña con Hubert y Georg.

Papá nos ha ayudado.

En la cabaña tenemos hasta una estufa y una cama con una colcha vieja.

A pesar de todo hace frío.

Querido Paul:

Ya no estoy en la cama. Pero dictar
una carta es mucho más divertido
que escribirla. Por eso te escribe
otra vez mamá con la máquina. No sé
si se enfadó mucho la mamá de Xandi. Lo sabré cuando vuelva al colegio.

La señorita no es un vejestorio.
Tiene treinta años.

Markus no tuvo que ir a la policía.
Pero su papá le pegó.

Es una lástima, pero en las vacaciones de Pascua no puedo ir a tu casa. Vamos a Salzburgo. A ver a mi
abuela. Yo preferiría ir a vuestra
casa, pero mamá dice que si no voy
a ver a la abuela se pondrá muy
triste. Ya hace tiempo que quiere
volver a verme.

Con cariño.

Tu amiga Susanna.

Querida Susanna:

Las cosas me van mal. Todos se portan mal conmigo. Hoy ha habido una pelea entre mi bando y el bando de Franzi. Nuestros contrincantes se habían armado con castañas. Tenían los bolsillos llenos y nos han bombardeado de lo lindo. Nosotros nos hemos

defendido con piedras. Franzi
se ha agachado y por eso no
le he dado, y la piedra ha
ido a parar al escaparate de
la tienda. El cristal se ha
agrietado. Papá tendrá que
pagarlo. Por eso está enfa-
dado conmigo, y mamá está
más enfadada aún, pero no
por el cristal. Ella dice que si
la piedra hubiera dado a

Franzi en la cabeza, ahora
podría estar muerto.

A Georg le ha dado su padre
dos bofetadas de aúpa.

Pero Georg no tiene nada
que ver con que se haya
roto el cristal. El no ha dispa-
rado ni una vez. El padre
de Hubert me ha dicho: «¡Qué
trasto de chiquillo, antes de
que llegaras aquí gozábamos

de paz y tranquilidad!»

Todos me echan la culpa.

¡Qué desgracia!

Voy a ver a los cochinillos.

Ellos no son tan odiosos.

Tu amigo Paul

← ¡¡¡CRISTALES!!!

Querido Paul:

Nuestra Susanna está ya casi bien.
Está a mi lado y está ofendida por
que yo no quiero escribir lo que
me dicta.

Quería que yo escribiera que tú
eres un pobre desgraciado y tienes
toda la razón; si se rompe el
cristal de un escaparate no es cul
pa tuya. Pero yo no quiero escribir
eso, porque no es cierto. ¡Las piedras no se tiran! Ni siquiera a alguien a quien no se quiere. ¿Y por
qué no quieres a ese Franzi? En
tus cartas sólo dices que es "tonto". ¿Por qué es tonto? Si aún no
has hablado seriamente con él, des
de el principio, ¿cómo puedes sa-
berlo?

Muchos saludos
de la mamá de tu amiga Susanna.

Querido Paul:

Mamá te ha escrito una carta. No me la ha enseñado. Pero ¡me puedo imaginar lo que ponía! Mamá también me está diciendo siempre que no pegue a Andrea.

Mamá no entiende estas cosas.

¡Te deseo lo mejor en la ba-

"Ha sido una suerte el poder conocerte"

talla contra el bando de Franzi!

Tu amiga Susanna

Querida Susanna:

El cristal cuesta 5000
chelines. [1000] [1000] [1000] [1000] [1000]
Papá me va a descontar el
dinero de mi paga semanal.
¡Cada semana tres chelines!
La profesora está enfadada
con todos nosotros. No se ha
reído ni una sola vez en
todo el día. Ha dicho que te-

nemos que firmar la paz. ¡Pero

yo no firmaré ninguna

paz! ¡Nunca en la vida!

Tu amigo Paul

P. D. Ojalá estés ya buena

del todo. Es una pena que no

puedas venir en Pascua.

Querido Paul:

EEEtoy otra vez bien.

Pronto será de n+8−o+e.

Estoy pintan  un dibujo.

Hay un árbol con muchas ra+.

A su lado está 1−o hada.

TiN una bicicleta. Pero los

neumáticos no están hincha2.

¿Puedes leerlo?

Lo he inventado yo.

Así se escribe más deprisa.

Cuando vuelva al colegio,

e explicaré a la señorita

esta forma de escribir. Mi

papá está asegurado contra

cristales que yo rompa. Si tu

papá te quita cada semana

tres chelines de tu paga,

tardará treinta y dos años

hasta que reúna los 5000

chelines.

Papel de carta del Gato Negro

Mi papá lo calculó. ¡Menuda tontería!

Te mando en el sobre una foto mía recientísima.

Tu amiga Susanna

Papel de carta del Gato Negro

Felicite con postales
Meyer ©
Ilustración: R. Bleistift

Querida Susi:

Te deseo mil
huevos de Pascua
Paul!

Señorita
Susanna Huber
Kuckuckgasse 10
1040 Viena

POSTAMT
MÖDLBE...

35
REPUBLIK ÖSTERREICH

Ilustración: pollitos con
huevos de Pascua de S. Griffel

Querido Paul:

Te deseo una
feliz fiesta
de Pascua
Susi

Sr.
Paul Meier
9999 Mödlberg/25

POSTAMT
WIEN
REPUBLIK ÖSTERREICH
35

Querida Susanna:

Me alegro de que ya estés buena.

Enseñé tu foto a Hubert y Georg, les gustaste. A Paula también. Sobre todo tu peinado. Por eso ayer le corté el flequillo. Lo malo es que se le quedó torcido. No se parecía en nada al tuyo.

Entonces mamá se lo arregló.
Pero claro, ahora está muy
cortito.

Mi gato tenía
pulgas. Pusimos polvos
insecticidas en la funda de
una almohada y después
metimos allí al gato. Sólo se
le veía la cabeza.

¡MiAu!

El gato se puso hecho una furia. No paraba de resoplar. Tuvo que pasarse media hora en la funda, y las pulgas se murieron todas. Después, el gato saltó por la ventana.

Se sentía ofendido. Aún no ha vuelto.

Tengo miedo de que no vuelva nunca más.

El domingo es mi cumpleaños.

Voy a invitar a Paula,

Hubert, Georg, Frieda y Peter.

Asaremos salchichas a la pa-

rrilla, y mamá hará dos tartas.

Una amarilla y una negra.

En verano vamos a Grecia. A

una isla.

Me alegro por mi cumpleaños

y por lo de Grecia.

Con cariño tu amigo Paul

1 PLIEGO PAPEL SELLADO AUSTRIACO. CALIDAD SUPERIOR.

FELICIDADES EN TU CUMPLEAÑOS

Querido Paul:

¡Que lo pases muy bien el día de tu cumpleaños y que tengas mucha suerte en la vida! Tu Susanna

Querido <u>Paul</u>:

Te deseo en tu cumpleaños todo lo mejor y mucha suerte en la vida.

Tu amiga
<u>Susanna</u>

Querida Susanna:

Muchas gracias por tu postal.
Eres la única persona de
Viena que me ha escrito. Pero
mi abuela ha venido a visi-
tarnos. Me hicieron muchos
regalos. Mi fiesta también
resultó muy divertida, a
pesar de que lloviera y no
pudiéramos salir al jardín.

Estuvimos jugando en el cuarto de estar. Hicimos carreras de sacos sujetando un huevo en una cuchara. Y tuvimos que ir por una línea con los ojos cerrados. Y aguantar una manzana con la punta de la nariz.

Y mamá montó una tómbola. Cada niño ganó tres cosas. Ahora iré a casa de mi vecino para dar de comer a los

(¡Erna!)

cochinillos. Están tristes

cuando no me ven. Sobre todo

Erna. Te voy a pintar todos

mis regalos de cumpleaños.

Tu amigo Paul.

POR AQUÍ
HA PASADO ↘
FINI

¡ LO SIENTO! ♥

Regalos
de cumpleaños

Jersey

de Mamá

Coches

BOMBEROS

tarta amarilla

caja de pinturas

tarta negra

de papá

libro

de Hubert

sacacorchos de Georg

barco

navaja

de Paula

construcción

tirantes

zapatos

de la abuela

Querido Paul:

Desde anteayer voy otra vez al colegio.

¡Enseguida me peleé con Andrea! En cuanto entré en clase, puso los ojos en blanco y dijo:

¡Ya está la tonta otra vez aquí!

No pude soportarlo y le tiré

el libro de matemáticas a la cabeza. La muy tonta comenzó a chillar. Entonces, la señorita dijo que nosotras dos nunca nos íbamos a llevar bien.

Ahora estoy sentada al lado de Alí. Joschi tendrá que aguantar a Andrea. ¿Qué tal tus peleas con Franzi? ¿Y lo de tu paga

semanal? ¿Ha vuelto el gato?
¿Le ha crecido el flequillo a
Paula? Los flequillos cortos
no tienen gracia. ¿Se enfadó
su mamá por el nuevo peinado de Paula?
¡Cuéntamelo todo!

Tu amiga Susi

P. D. En verano nosotros también iremos a Grecia. A una
isla. Se llama Lesbos.

Este

es Alí

(de verdad, es mucho más
guapo)

Querida Susanna:

El gato ha vuelto. Y ya no está ofendido. Pero tiene pulgas otra vez. Papá ya no me quita dinero de la paga semanal. Le conté lo que había calculado tu papá, y empezó a reírse.
El flequillo de Paula aún está muy corto. Pero no le

queda mal. Su madre no
se enfadó.

Aquí los padres no se
enfadan por esas pequeñeces.
La guerra con Franzi se ha
acabado. No es que me caiga
bien, sólo tenemos una tregua.
A Franzi le pegó su padre
porque nos había bombardeado con castañas. Le pegó
muy fuerte. Papá nunca me

pega. Yo no quiero que

a Franzi le vuelvan a pegar.

¡Eso no es igualdad en la

lucha!

Nosotros tomaremos las vaca-

ciones en julio. Papá se ha

puesto de acuerdo con el ve-

terinario del pueblo vecino.

Él se va en agosto. Papá y el

otro veterinario no pueden

tomar las vacaciones al mismo

tiempo. Si no, no habría
nadie cuando las vacas y los
cerdos se pusieran enfermos.
A mis padres les da lo mismo
a la isla griega que vayamos.
Como vosotros también os
vais de vacaciones en julio,
podríamos encontrarnos en
Lesbos. ¡Sería genial!

Tu amigo Paul

Querido Paul:

Precisamente, papá y mamá
querían ir a Grecia en agosto.
Pero si tú vas a estar en
Lesbos en julio, entonces
iremos nosotros también.
Nosotros viviremos en un
sitio que se llama Petra.
Igual que Petra Berger, la
que siempre se mete el dedo

en la nariz y luego se come los mocos.

Estaremos en Petra durante todo el mes de julio.

Mamá ha dicho que mañana llamaría a tu mamá para ponerse de acuerdo.

¡Cruza los dedos, Paul! ¡Estoy más contenta que nunca!

Tu Susanna

P. D. Ahora vendrá Alí, le enseño alemán con el juego de cartas Memory; ya se sabe casi todas las palabras que corresponden a los dibujos.

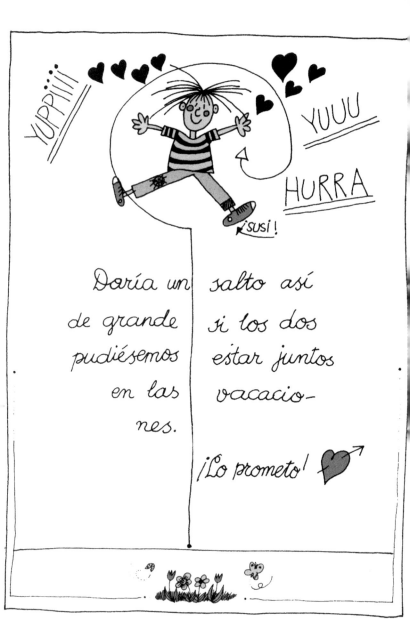

Daría un salto así de grande si los dos pudiésemos estar juntos en las vacaciones.

¡Lo prometo!

HELLAS

ΜΑΧΗ ΜΑΡΑΘΩΝΑ 1790 π.Χ.
ΕΛΛΗΝΙΚΗ ΔΗΜΟΚΡΑΤΙΑ 2]

Α ....
todos los niños
que han leído
este libro

ἐκτύπωσις Κ. λουκᾶτος τηλ. 922.6832

Os desean
felices vacaciones
desde Lesbos

Susanna y Paul ♡

Ελλάδα
Greece
Grecia
Griechenland

92